Ceitidh Chaimbeul is a bilingual Gaelic–English poet, singer and teacher. She began writing while studying at the School of Scottish Studies and is a Gold Medallist for solo singing at the Royal National Mòd. A performer of both traditional song and original work, her practice moves between page, voice and performance.

She was the Scottish Poetry Library's first Gaelic Ambassador, and her poetry has appeared in The Poets' Republic, Northwords Now, Causeway and Gallas, as well as in several anthologies. She is the Gaelic editor of Pushing Out the Boat and lives and works in Inverness.

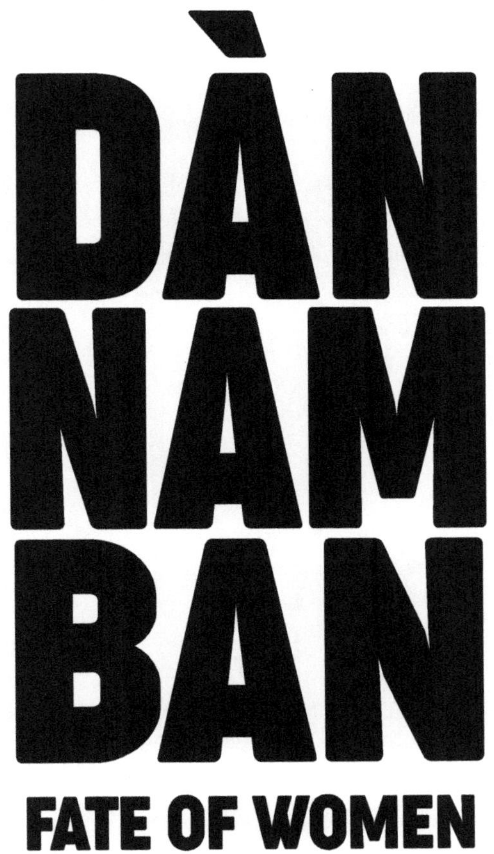

DÀN NAM BAN

FATE OF WOMEN

Ceitidh Chaimbeul

LEAMINGTON

Dàn nam Ban
le Ceitidh Chaimbeul

ISBN: 9781914090998
Leamington Books
32 Leamington Terrace
Dùn Èideann

Deasachadh le Marcas Mac an Tuairneir
Dealbh còmhdaich le Somhairle Gobhanach
Dealbhadh le Cavan Convery

Chuidich Comhairle nan Leabhraichean am foillsichear le cosgaisean an leabhair seo. Chaidh an leabhar seo fhoillseachadh le taic bhon Chrannchur Nàiseanta tro Alba Chruthachail.

Do na mnathan a chùm an cànan,
sgeulachdan agus cuimhne fhèin beò
fiù 's nuair a chaidh iarraidh orra a bhith sàmhach.

For the women who kept the language,
stories and memories alive,
even when asked to be silent.

Contents

Dàn nam Ban

Freumhan is Crannsaichean

Roots and Branches

Freumhan is Crannsaichean
Roots and Branches

Bana-bhuidsich Allt a' Mhuilinn

Duilleagan fuil-dhearga
nan laighe gu trom-uisgeach
fo ruaim bhalbh, nam measg
mnathan ciar-bhuidhe is ruadh.
Geugan bàna ri dìosgail
rabhaidhean dìth cead
ann an uspag na Samhna
sgeulachd lusgairean
ann an doire nam bochd.
Mac-talla nan taibhsean,
rionnach maoim is smùdan
dannsadh tron allt,
is gaoir chorcarach nan dithis
gun eucoir ach banalachd.

The Millburn Witches

Blood-red leaves
lie heavy-drenched
in silent anger, taints
yellow and amber women.
Naked branches whisper
warnings of intolerance,
in Hallowed breaths
stories of the healers
in Diriebught.
Echos of spirits,
shadows and smoke
dance through the river,
and the screams of violation,
two innocents – women.

Crannsaichean

'S mi faillean caol air bàrr nan geug,
gallan gun fhios air bonn an fhreumha.
Tha mo thoiseach a cheart cho brìgheil
ri ciad choinnlean a' sìneadh a nèamh.

Mo dhuilleagan a' fàgail an talamh fodha sligeanach,
gun aithne an tèid na crannsaichean gu domhainn.
Ach, na ceanglaichean eadaram is na meacanan,
gach cuisle ga nochdadh.

Na cuir an neo-phrìs air na chuala tu nad òige –
na sgeulachdan ud, a' sruthadh tromhad mar shnodhach.
Dèan aithris air do bhunadas, fàs nad mhodh fhèin,
oir 's tu pìos an ath fhàinne-chraoibhe, ga thogail.

Roots

A shoot at the end of the branch,
a stalk unaware of the foundation, it's source.
My beginning as significant
as a first bud stretching up to the heavens

My foliage, dappling the light below,
is ignorant of root depth,
yet our connections remain,
clear in every vein.

Don't underestimate what you heard in your youth –
like sap stories flow through you.
Acknowledge your origin, grow your own way,
for you are part of the next tree ring.

Càirnein

Pòsadh piuthar Iain Bhàin –
b' ann aig àm na Càisge dh'èirich
an t-òran deireannach ro do ghàir-bàite.
Leòdaich ghaoirdeanach is sgioba iùlach,
a' siubhal an aimsir chiùin.
air turas dhachaigh
is tu aig an stiùir.

Chùm beul-aithris d' ainm beò:
damh-dearg Sìol Thormoid
air corbadh le or-stoirm.
Ar briathar-suaicheantais '*Luceo non uro*'
's gun do ghlac na bana-bhuidsich
càirnean cuachach
gus do theine soilleir a mhùchadh

Cha dìochuimhnich sinn gu bràth
am briogadh,
mus till am muir gus an lìonadh.

Eggshells

The Easter wedding
was, at Easter,
the last song before your drowning cry.
Strong-armed MacLeods and practiced crew,
travel in calm weather.
on a homeward journey,
you at their helm.

Kept alive in the stories told:
the stag of Tormod's lineage
consumed by a foe-cast storm.
Our motto, 'I shine but don't burn',
moved witches to take
an empty eggshell
to extinguish your bright fire.

We will never forget
to prick them,
before the sea comes to fill them.

Cupa Tì

B' e òrdugh a bh' ann, seach cuireadh
iarrtas uaigneachd a sheachnadh car uair.
Am pòrsalan cnàmha as fheàrr aice a' cur ceud furan,
slis air chall bhon t-sàsar le flùraichean.

Leisgeulan coltas an taighe air an diùltadh
am brothall na dighe, bainneach mar a prab-shùilean,
blas clòthadh siùcair a' cumail mìlse ro mhòr
ri caob a' chèic-mheasan teann romham.

Sealbhan bìgeilich eun a-muigh, mac-talla
pronn-chainnt aotrom ar conaltraidh
is gu tric prosbaig air a cleachdadh air muinntir na h-aiseige –
sèithrichean eile, falamh gun aithneachadh.

Gach sùgan a druthaige na sheòl casgach,
tabhann ath-lìonaidh mus bu chaithte an còmhradh
is anabasan dhuilleagan aig bonn a' chupa
a' tàrgradh do-sheachnadh a' chùis.

Cup of Tea

It was an order, not an invitation,
an entreaty to avoid loneliness for an hour.
Her best bone china extending hospitality,
a chip missing from the floral saucer.

Apologies for the state of the house dismissed
in liquid heat, milky like her rheumy eyes,
the taste over-sweetened, overwhelming
the solid fruit cake in front of me.

The flock of twittering birds outside echo
our flow of blethers,
binoculars used often to spy the ferry crowd –
other empty chairs unacknowledged.

Every drop a stalling tactic,
refills offered till talk dries up
and dregs of leaves
foretell the inevitable.

Ath-shealladh air Aunt Julia

Nach robh Aunt Julia aig a h-uile duine –
a' bruidhinn Gàidhlig cho àrd is luath,
còmhradh dìomhair nach robh do ar cluasan.

Coltach ri MacCaig – feargach air sgàth ghinealaichean air chall,
bu ghann tuigse gum b' ionnan cion cànain is cùlanachas
linntean eachdraidh, dualchais is cultair.

Cha bhiodh i gar teagasg, cha tug i an t-sruileag dhuinn
is dh'fhalbh na freagairtean leatha dhan dubh-dorchadas
ach tha an solas ga soillseachadh a-rithist an-diugh. Gu dearbh

bhruidhinn Aunt Julia Gàidhlig cho luath is àrd
is cha bhi a samhail againn gu bràth, ach, a-nis
ma thig crìoch air an t-saoghal, mairidh an cànan is gaol.

Reappraising Aunt Julia

Didn't everyone have an Aunt Julia –
speaking Gaelic so loud and fast,
in secret conversation not for our ears.

Like MacCaig – angry for generations lost,
not understanding a lack of language means isolation
from centuries of history, heritage and culture.

She didn't teach us, she didn't pass the baton
and the answers disappeared with her into darkness
but a light renewed shines today. Obviously

Aunt Julia spoke Gaelic so loud and fast
and we'll never see her like again, but now,
if the end of the world comes, the language and love will endure.

An Rùm as Fheàrr

Ghlac mi priobag dheth, aon turas,
mus do tharraingeadh dùinte e, le rabhaidhean.
Smachd air mo bheadachd, an uspag-fiamha
is furmailt fhuar gam chur air ais dhan bhlàths
ach, chunnaic an rùm seo barrachd
beatha is bàis na chunnaic mise riamh.

Beiseal tacail bagach,
mathoganaidh cròbhaidh faileasach
fo chomhdachadh dhoilichean geala fighte,
soithichean dathte is bhàsaichean Sìonach,
gun chleachdadh, ach air an taisbeanadh ann an sreath grinn.

Sèithrichean raga cruaidh',
clag-pìobach an àrd-ghleoc air feadh an taighe,
air an ùine a chaismeachd gun diog a chaitheamh.

Aodannan tìm-ghlaiste an dealbhan sepia
is airgead fo smàl, gun fhiamh-ghàire,
a' coimhead trobhad, gad bhreithneachadh –
an ainmean gun labhairt ach le seanais urraim.

Chunnaic mi seo na chall mòr,
ach mi a' tuigsinn a-nis na dh'iarr i –
leis an t-sruth leantainneach de chàirdean 's caraidean
air saoghal air atharrachadh gun stad,
clachan prìseil air a càrn an òrdugh glan
is gan cumail, dìreach mar a bha.

The Best Room

I caught a glimpse of it once
before it was pulled shut with warnings.
My curiosity forbidden, the gust of awe
and cold formality, propelled me back to the warmth
but, that room saw more
of life or death than I would.

A solid dresser,
deep-stained mahogany,
gloss-laden with knitted doilies,
the untouched colour of plates and Chinese vases,
displayed in straight rows.

Stiff, stubborn chairs,
chimes of the grandfather clock throughout the house,
marked time without missing a beat.

Faces time-frozen in sepia photos,
framed unsmiling in tarnished silver,
looked through you, judged you –
their names spoke only in reverent whispers.

I saw it, once, as unnecessary vanity,
now I realise its purpose,
with a constant stream of family and friends
and an ever-changing world,
precious memories preserved
and kept, just as it was.

Am piàna

Bha e na shuidhe gu sàmhach anns an oisean,
a' toirt grìosad oirre a chluich,
ach dh'fhalbh cumhachd ciùil bhuaipe –
corragan carraigeach gun chomas
iuchraichean geala no dubha a bhualadh.

Sùilean ri spàirn na pongan a thuigsinn,
fuaim a' phiàna mar ròmhanaich na mara
fiù 's aig cridhe tràghad a cuimhne.
Eabar breac a' dol am buidhead,
litrichean òra a' meathachadh
gus an latha air nach do mhair an ceòl
is dh'fhàgadh an fharbhail dùinte.

The piano

It sat silent in the corner,
begged her to play,
but the power of music had left her –
gnarled fingers unable
to strike black or white keys.

Eyes strained to decipher the notes,
the sound like the sea's distant resonance
at the lowest ebb of her memory.
Yellow mottled ivory and
golden letters faded
into distant melodies
and the lid closed.

Fras-fhuilt

Bha a falt an-còmhnaidh geal, mar leòmagan,
gach gaisean snaidhte am bachlagan beaga
leis an t-seampù is seata a fhuair i gach ceala-deug.
Gan cumail grinn an lìon-fhuilt is rolairean
is na cùlain air an cuairteachadh le gleò
bhon chana àrd òir ri a taobh, anns a' chabaig,
a' choinnleag bhon dealt ga cruinneachadh uimpe
an riomball meomhairean òige –
àile làn de dh'fhallas is toitean stàlda,
glàmar seargaichte làr-dhannsa structe.

Hairspray

Her hair always white, like snowflakes,
every strand sculpted in small tight curls
with her fortnightly shampoo and set.
Perfection kept in a hair net and rollers
enveloped in vapour
from the tall, gold can beside her in the alcove,
the lacquer shimmer encircling her
in a halo of youthful memories –
the ether stale with sweat and cigarettes,
the faded glamour of a scuffed dance floor.

Teine

Bha brathadair nach do thuig mi rim òige.

A' cur fadadh air seann èibhleagan,
bhirticheadh tu gus am biodh air losgadh iad.
Ge b' e an ràith, bhiodh tu ga theallachadh sa mhadainn
mar theine leathann no las gun bhàs.
Do ghealbhan air a chleachdadh gu bràth.

Ach an teas tràth mo dheugaireachd,
cha do mhothaich mi gainne dhrìlseanan nad eanchainn.

Bu shlaodach a mhùchadh do ghalladh teine.

A' chràmhainn a' dol na smùdan,
beag air bheag thàinig am fuachd ort –
d' àite-teine furanach ga lùghdachadh,
a' caochladh na fhaileas dubh
le cumhachd na bu làidire na lasairean Dhante.

Fire

In the blindness of youth, I missed the meaning of a great blaze

Tending to the old embers,
you antagonised them until they caught.
With no regard for the season, you'd rise early to coax the flames,
like a beacon that death could not reach.
Your hearth, forever kindled.
But in the first bright blaze of my becoming,
I never saw the sparks in your mind begin to scatter.

Gently, your bright flame faded.
What once burned bright lay in a veil of smoke,
as the creeping cold took hold –
your endearing hearth flickered,
slipping into the darkness
with a power greater than the fury of Dante's fire.

Balla

Eàrra ghàrradh-chloiche
a' gearradh tron raineach,
cumail a-staigh, dùnadh a-mach.

Goireasan truilleach,
uallach uachdarain –
air fuadach.

Fèidh len tàirneanaich
mar dhuan ro-sgàileach
thar roinn cheart an fhearainn.

Coimhearsnachd bhriste
cumail stiùir ra dàn fhèin,
ra slànachadh.

Wall

Drystone scar
cuts through bracken,
contains and excludes.

Excess resources,
landlord's burden –
cleared.

Deer thunder
like a song foreshadowing
rightful division of land.

A broken community
takes the reins of its fate
and heals.

Gnèitheachd is Gaol
Sexuality and Love

Gnèitheachd is Gaol
Sexuality and Love

Iomradh Enoch

Is searbh m' fhìrinn innse –
rinneadh iomradh orm riamh
a rèir dàimhean fheara.

An rud a bhitheas an dàn,
’s e bhitheas do-sheachanta.

Bha mi nam bhana-phrionnsa,
agus socharaiche mo shuidheachadh –
na bu chliùitiche m' onair na òr.

Bha mi nam fhulangaiche
cho faoin 's nach tug mi for
a' mhì-cheartas cleachdte nam aghaidh

Ach, ’s bean a mhillear le faclan
mas fìrinn no breug e –
thug e an car asam,
le magaid àraid
bha nam nàire is fògairt.

Bha mi nam fhathach is nam mhàthair –
mar A’ Bhaintighearna romham,
air staran mo mhic
is na rinn e gu sìorraidh

Ach, gabhaidh mi ceum a-mach
à dorchadas mo choir, a-steach
gu solas saoghail ùir
far as iomradh mnà
thèid innse a rèir a coileanaidhean fhèin.

Defining St Enoch

My truth is a bitter story –
I was ever defined
by the men in my life
We cannot bypass our fate.
I was a princess
raised above,
my maidenhead prized more than gold.
I was a victim
so conditioned
I didn't recognise the rape.
But, words can destroy woman
whether truth or lie –
ridiculed me,
exposed me
to shame and banishment.
I was a vassal and mother –
like Our Lady,
following in my son's wake
forever
But, I will step
out of darkness of circumstance
in the world's new light
where a woman is defined
by her own actions.

Cùbhrachd

Is pìos pongan-àillidh i,
às a h-aonais – tha mo chraiceann balbh.

Ciad thighinn is sìneadh falbh,
a' cur sgleò musgach fearmoin.
a' nochdadh gu blasta air cuislean.

fallas glàmarach gun dath
a' sliopadh sìos cnàimhean an uga.

A' chiad fhilleadh aodachaidh
a' cur crìoch air an trusgan.
Chuir Marilyn oirr' i na leabaidh
dìobardan feiseil cumhachdach,
sgàileag sìod' aotram
's a smachd air sticean.
La vie est Belle.

Perfume

Composed of notes,
without it – my skin is mute.

Heralds arrival, prolongs departure,
a smokescreen of pheromone musk
lands deliciously on pulse points.

sweat trickles, colourless,
glamorous, down my breasts.

The first layer
which completes every outfit.
Marilyn wore it to bed
this sexual glow of empowerment,
the veil to subdue demons.
La vie est Belle.

Clobhsa Mhargaidh an Fheòla

'S e a' chiad shealladh a tha gad fhàilteachadh
gad phùrradh bho mhòrachd Scott
gu seann shaoghal cruas –
am baile mòr ag iarraidh a phunnd feòla.

Ceum do chaiseige churrach
taigh leth-an-rathaid air a ceàrr-ainmeachadh,
air mheudachadh le brògan nach tig dhut,
lìth shliseagan a mhaireas bho dhà uair na maidne.

Stangan tanalach de dh'fhual-leann saor
bho gach puthailt dhallanach,
fallas a' cothlamadh le fuil nan linntean
ri sìor-shilteachd sìos gu claon.

Gàire a' taomadh à Deòrdaidh diongach,
a' cur fanaid nuallaich air do shreap
le anail cho trom ris na th' aig luchd gun sgairt,
's tu cinnteach à droch-threòir do chois.

Fleshmarket Close

The first sight that welcomes you
thrusts you from Scott's grandeur
straight to Old Town grit,
the city wants its pound of flesh.

The uneven camber of your step on the treads
and the misnomer of the Halfway House
compounded by inappropriate shoes
and lingering 2am chip grease.

Stagnant pools of piss-cheap beer
from every inebriated recess
merges sweat with the blood of the past
as it drips down the incline.

Laughter pours from a jingling Geordie
mocking your ascent,
your breath, heavier than others' palpitations,
knows you shouldn't have taken this path.

Dùrachdan san Dorchadas

dha bràthair mo sheanair,
An t-Urr. Canan Aeneas Mac an Tòisich 1927-1998

Chuir solas-sràide bogha-frois tron ghlainne-dhathte
a' dearbhadh nach biodh AIDS na pheanasachadh.
Thar gach subhailc gu lèir chuir esan gràdh –
an nì a tha na cheangal coileantais.

Thuirt iad gum bu pheacadh e, ach cha robh ann ach aineolas.
Cha do mhothaich duine dithis a' dol a-steach air sheòl eile
airson beannachd os-ìosal air dàimh gun aithne
is anns an dorchadas, ministear làn le caomh-thròcairean.

An saoghal na bhaoghal, naidheachdan làn sgeulachdan
le fìrinn chlaon, bàs cha mhòr cinnteach.
Beantainn, anail, fuil
fathannan eagalach is breugan
bha tuilleadh co-fhaireachdainn do lobharan is strìopaich.

Blessings in the Dark

for my great-uncle,
the Rev. Canon Aeneas Mackintosh 1927-1998)

Streetlights cast a rainbow through the stained glass
proving AIDS couldn't be a punishment.
Above every virtue he placed love –
binding all together in perfect unity.

They said it's a sin but the only sin was ignorance.
No-one noticed two people entering by another route
for a secret blessing of an unacknowledged relationship,
and in the darkness was a minister full of compassion.

A crisis in the world, the news full
distorted truth, death almost certain.
Touch, breath, blood
                                        hysterical rumours and lies
lepers and prostitutes got more sympathy.

Clòimheagan

Cha toir bleideagan sneachda buaidh
air ar saoghal còmhnard gun ghluasad.
Bidh sinn a' mothachadh an coltais,
fhad 's a dhiùltas an cuid atharrachaidh.

Thig sìde caochlaideach
tog d' aire an àrd is faic
iomadach neul lòineagach
an ìmpis còmhdachadh na tìr'.

Tha sgoinn an fhrois-seanchais orra
a' sgrùdadh turas am beò.
Gabh feart de gach slathag mus
ann bàtht' a bhios tu fon chathadh-làir.

Nar measg, pàtrain gun àireamh
a' sealltainn bòidhchead eugsamhlachd
a' tighinn ri chèile airson cruthachadh
cruth-talmhainn slàn neo-thruaillte.

Snowflakes

Single flakes don't impact
on our flat, motionless world.
We notice their appearance,
but dismiss thought of change.

Unsettled weather is coming,
look up and see, clouds
heavy-full of crystals
poised to cover the land.

They shower a flurry of speculation
examining the path of their lives.
Pay attention to each one
or be drowned by the drift.

Amongst us, countless designs
demonstrate diverse beauty
united in creating a landscape,
robust, unspoilt, complete.

An Taghadh Eile

'S tus' as coireach, a nathair chòir,
chuir thu nimh na fuil
is shiubhal do bhriathrachas
fo mhìne a craicinn mus do thogadh dhi slighe peacaidh.

Nas tarrangaiche buileach an t-ubhal
is àirde a shlaodadh dha beul
nìor leig ann am Maitheas gum biodh beachd aice fhèin,
seach a sàsachadh leis na bha an dàn dhi.

Bhruadair i air iteagan brèagha air eòin fad às,
feur na bu guirme an gàrraidhean eile
's i sgìth den mhil a bhlais i
an eanghlas Àdhaimh

Ach saoil, a nathair,
an robh i ga iarraidh –
ceum duirche a thaghadh
is e na thrìlleach fhàgail
an lorg beatha bhàin
fo ghrian a sìorraidheachd.

The Other Choice

You're to blame, dear snake,
you poisoned her blood,
and your lexicon swept,
under the sheen of her skin, until
she could only take the path of sin.

The forbidden fruit was the greater allure
and lowering its height to her mouth,
heaven forbid she had an opinion of her own
discontent with the destiny laid before her.

She dreamed the fair feathers of far away birds,
the lush grass of other gardens -
sickened by honey and
swallowing Adam's insipid milk.

But I wonder, dear snake,
if she wanted it –
to carve darkness' path
and breach his monotonous peace,
abandoning her eternal perfection.

Eisirean Bhaileintin

Criostalan a' milleadh agus dìonadh
miann làn chridhe
a' cur stad air lèirse is fuaim,
gaol fìor-ghlan a' gaothadh
sligean snasail sleamhainn.

Valentine's oysters

Crystals corrode and preserve
heart-full consuming desire
that pauses sight and sound,
purest love expressed
in hyped-up shells of slime.

Gaol

Anns an dorchadas, thàinig e
gu slaodach,
crùbach, falach.

An nì acaideach a' toirt
atharrachadh air m' anam

caochladh mo spiorad
eadar treabhadh is treabhadh

gam shoillearachadh
gam neartachadh
gam bheartachadh
nad bhlàths.

Love

In the darkness, it came
slowly
crouched, hidden.

instant pain that
changed my soul

altering my spirit
from root to tip

enlightened me
strengthened me
enriched me
in your warmth.

Tatù

Sgròb thu fom chraiceann
is dhubh-sgrìobh mo chridhe.
Aon uair na shùil-chruthaich,
thàinig am pàtran dhan uachdar –
led thùs-litir, m' anam gràbhalta
a-nis soilleir ro chàch
gun eòlas slàine a cèill.

Tattoo

You are scratched under my skin
and inked my heart.
Where once it quivered,
the pattern emerged on the surface –
your initial, my engraved soul
now clear to a world
unaware of its whole meaning.

Breith is Eug
Birth and Death

Breith is Eug

Birth and Death

Cionta nam màthraichean

Spiolaidh e gach cnàimh
faoighiche lonail
neo-leisgeulach.

Thàinig e san t-saoghal romhad
smaointean air an truailleadh le teagamh
gach co-dhùnadh fo tholladh.

Mummy guilt

It gnaws every fibre of your being
an insatiable parasite
constant and unapologetic.

Its birth came before yours
pollutes thoughts with doubt
undermines every decision.

Gaol II

Thàinig e gu h-obann,
air latha fuar geamhraidh.
Nam laighe
san t-seòmar gheal ud
làn fiughair, gun eagal.
Dà shùil chruinn
soilleir, acrach, ceasnachail
le eòlas do shinnsrean
bhon t-saoghal eile.
Còmhla.
Gu bràth.

Love II

It came, unexpected,
on a cold winter's day.
Lying
in that white room
full of expectation, without fear.
Two round eyes
bright, hungry, enquiring
with the knowledge of your ancestors
from another world.
Together.
Forever.

Thig Aislingean gu Buil

Airson Belle, aig dà bhliadhna dh'aois

Tha thu nad shaor-thuiteam tron sgàthan
gu roisgeulan na h-òigridh,
a' sireadh do shonais shàsta.

Saoghal aisling a' measgachadh
faclan 's dealbhan do leabhair,
nad bhreisleach saoidh is uilc.

Air chùl do chois, anail a' mhadaidh-allaidh,
nad shreap guiseag mhòr na pònaire
gu tìr nam famhairean mòra
le do shlat-dhraoidheachd lainnireach,
no trì dùraigean an lampa,
air brat-ùrlar, air fhleod sna sgòthan.

Glaiste aig ceann an tùir as àirde
do bhròg 's a meud ceart, mar bu chòir,
mar dhuilleag meuranta ròis.

Gus an dùisg drisleach dòmhail thu
bho fhaileas bòidheach a' bhruadair,
do dhùsal,
blas ubhail,
pòg fìor rùin.

Dreams Come True

For Belle, aged two

You free-fall through the mirror
to the wondrous tales of youth,
to seek your happily ever after.

The dreamworld mixes
your book's words and pictures
in your good and evil delirium.

The breath of the wolf at your heels,
climbing the beanstalk
to the land of giants
with your sparkling magic wand,
or three wishes from the lamp,
on a magic carpet, floating in the clouds.

Trapped in the top of the highest tower,
your shoe – its fit as perfect
as the delicate petal of a rose.

Until the thick briars wake you
from your dream, the reflection of beauty
and slumber,
the taste of apple,
true love's kiss.

Seudag

Chaidh an dàn seo a sgrìobhadh nuair a bha mo nighean co-aoiseach ri Màiri Sìleas Hastings NicLeòid (6 An Sultain 1836 -12 An Giblean 1839)

An achadh sàmhach tha caibeal cruinn
ri taobh seann sheipeal Naoimh Mhaol Luaig,
anns gach clach, chùm an deòir tuireadh an eilein
ri cuimhne truagh de sheud prìseil nan Leòdach.

Dh'fhàs thu nad neo-eisimeileachd –
a' togail ùbhlan for-abaich is sùbhan-làir
am measg nan neòinean neoichiontach,
a' ruith is streap, 's tu mar agh-fèidh àbhachd.

Gus an do thuit thu.

Cha robh thu ach dà bhliadhn' is seachd mìosan
is mòr orm a chreidsinn am briseadh-cridhe
gad fhàgail sàbhailte an gàirdeanan do shinnsrean –
deireadh tùrsach sìol MhicGhilleChaluim.

'S ann aig Dia 'mhàin tha brath gun tug E bhuainn.
B' i an naoidhean is an cruth-atharrachadh,
an call mu dheireadh den uile seud sìorraidh,
fhad 's a reiceadh an t-eilean uaine dhan diabhal.

Little jewel

This poem was written when my own daughter was the same age as Mary Julia Hastings MacLeod (6 September 1836-12 April 1839)

In a quiet field there is a perfect chapel
beside the ancient church of St Mo Luag,
in every stone the island put their tears of sorrow
in sad remembrance of MacLeods' precious jewel.

Your independence growing –
picking early apples and sweet berries
amongst the innocent daisies,
running and climbing like a mischievous fawn.

Until you fell.

At only two years and seven months
I can barely comprehend their despair
leaving you safe in your ancestors arms –
a tearful end to the MacLeods of Raasay.

God only knows why He took you from us.
The cherished angel was the catalyst and
the final loss of all their worldly goods,
as the green isle was sold to the devil.

An Tàcharan

Cha b' e iarann dìon bhon fheudar,
thàl e beum-sùlach a dh'aindeoin eòlas cronachaidh,
a sho-leòntachd cumhachdach bhon toiseach.
Ghoid iad gach faireachdainn, a' fàgail sgrath –
thàinig fuachd air, air a ragadh lem ghaol,
gun tuigse air pòg no tairiseachd.

Bha a chomas an-còmhnaidh na thainead fann
ge b' e pailteas de bhiadh a thug mi dha,
eu-coltach rim leanabh soideanach fàsmhor.
Chuir mi m' anam 's mo chridhe ann –
an coigreach le aodann mo phàiste
gun taic bho luchd mo dhàimh.

Cha do bhruidhinn e am modh cloinne eile,
cainnt neònach nach robh aig duine riamh –
aona-dhuanach, gann de mion-diofar is fiamh,
air a bheò-ghlacadh le cleachdaidhean grinn,
cuspairean sònraichte a-rithist sa rithist,
smaointinn dìreach gun mhànran no mìre.

Rinn mi uaigh air latha ceann ràithe
fosgailte do làn soilleir na gealaich
is chuala e ceòl ga tharraing air ais às an tàinig e.
Nì tè an èiginn beart èiginn,
a' tionndadh ùrnaighean ron t-sluagh aotrom
ach, tha ath-dhìoladh an cùmhnant fuatha.

The Changeling

Iron couldn't protect him from the curse,
he attracted the evil eye despite all charms,
vulnerability powerful from the beginning.
They stole every emotion and left a shell –
cold responses and stifled love
not understanding affection.

Always thin and weak
no matter how much I fed him,
so unlike my thriving baby.
I put my heart and soul
into this stranger with my child's face
with no support from my relatives.

He didn't speak the way other children did,
a strange cadence unlike anyone else,
mono-tone without nuance or expression,
obsessed with perfection
he repeated subjects incessantly,
his thoughts rigid and humourless.

I dug a grave during the solstice,
open to the light of the moon
and he heard music summoning him back.
Desperate women call for desperate measures,
begging the fairies for an intervention
but with any unnatural gift, there are consequences.

Gainmheach

Dìomhair is grinn, toradh là mòr nan linn,
cruinneachadh fhlùraichean is nithean talmhanta, òrach is tioram.
Uspag a' toirt cagar air gach troich air turas sìorraidh,
àraidheachd aonaicht' a' dannsadh leis an t-siaban.

Cò eile chùm dòrn mu ghathan grèine mo sheudan,
a' falbh cho luath ris an uisge a lunnadh iad,
gun tadhal ach a rèir iarrtas a' ghealaich –
gun adhbhar aig duine a bhith ann, cha robh 's cha bhi.

A bheil cead agam ceum a chur air a' bhrat thiom ud,
air fhionnadh le beath-mara eachdraidheil –
a bheil aire aca na bha roimhe is romhpa?
Tha sinn ro thruailleach, cnàimhteach is mothachail.

Tha a' mhuir a' toirt sgrìob lom air àilean sgainne
A' gabhail ris an dàn, a' lorg sìth is càraidh.
'S ann tro-chèile tha mean-fhàs, cinnteach na mhaireannachd
air chall gu bràth am marcan-sìne is ceò.

Sand

Untouched, unseen, the product of myriad millennia,
fauna and silica gathered, golden and dried.
A breeze whispers each grain on its endless journey,
singular yet united, cavorting with the foam.

Who else held these glistening jewels I hopelessly grasp,
that escape as easily as the water they invade,
only visiting according to lunar demand –
people have no reason to be here, never had and never will.

Do I have the freedom to step on this delicate carpet,
piled with historic ocean life –
are they conscious of their past and future?
We are too aware, consuming, polluting.

The sea consumes footprints' fleeting impression,
accepts its fate and awaits renewal with every tide.
Conflicted in evolution, certain of survival
forever lost to salt spray and mist.

Air a' chladach

1921

Às dèidh rotach Bhealltainn,
làgarsaid a' fàgail smod ann an rabhainn grinn.
Dithis a' cruthachadh mhaoisean ann an craidhlean-droma
agus sluaisreadh cunbhalach nan cluasan,
ri sireadh a-measg na sgùillich.
Toradh-tuinn a' fàs bàrr-bìdh na croite.
Crom, a' togail phrobach, tha iad ag obair gualainn ri gualainn
irisean rin teannachadh trom.

An-diugh

Corragan a' smeangladh chriomagan
sa ghainmhich 's a' ghaoth ga greasadh.
Cuachag a' cruachadh shligean
gun adhbhar ach brèaghachadh.
Air uideal mar an drìlleach
a dh'fhalmhaich iad.
Gach maighdeag air a sgrùdadh
feuch am faighear an cruth is an dath ceart.

On the shore

1921

After the driving swell,
backwash leaves sea-grass, rotting in neat tidemarks.
Two people collect bundles in creels,
steady rushing tide in their ears,
search the seaweed washed ashore.
The waves' bounty grows food on the croft.
They bend to lift kelpware, working in unison,
carrying-bands growing tight and heavy.

Today

Fingers pick minutely
through wind-swept sand.
A curly-haired girl collects shells
for no reason except decoration.
Flits like the oystercatcher
that had emptied them.
Every pretty shell examined
for its perfect shape and colour.

Siaban

Na beusan fo ghruaim dh'fhalbh bhon t-saoghal;
agus dh'fhàs truailleachd an duine gu h-iomlan – Ovid

An uchd nan tonn a' tuiteam gu socair nad shuain,
thàinig do thuras goirid gu crìch air a' chladach –
'S tu bha airidh air beatha, ach ro phrìseil airson saoghal cruaidh

'S air do sheachnadh leis an t-sluaigh, 's an aghaidh breitheanais,
spàrr iad air do mhàthair co-dhùnadh uabhannach,
nuair a chuir i do chruth beag ris a' ghaoith

Air do phasgadh gu foirfe am plangaid smocain
bu tu bha mar dhoile pòrsalain gun ainm –
fo thàmh, thàinig fèath airrànail do bhochdainne

Sea-spray

The virtues in despair quit the earth
and the depravity of man became complete – Ovid.

The wave tops rocked you mercifully to sleep,
your short journey ended on the shore –
You deserved life but were too precious for a harsh world

And ostracised by society as she faced their judgement,
they forced your mother to make an agonising decision
when she cast your tiny form adrift

Wrapped perfectly in a blanket of soft red seaweed
like a nameless china doll –
in silent rest, your cries of distress becalmed.

Fluraichean Buidhe

Bho thùs tha i air d' aithneachadh –
d' ainm daonnan air blas a bilean.
A sùilean làn de d' ìomhaigh ghlan,
an dealbhan gan taisbeanadh dhi.
B' e an turas seo a' chiad athais
tadhal ort 's air an eilean o chionn fhada.
Glamaig chumhachdail gun atharrachadh
le ceò a' cumail an t-siabain bho na speuran.
Rubha na h-aiseig srònagach sa mhuir fharsaing
fo dhubhar bataraidh na maighdinn-mhara
Ach fhuaras flùraichean buidhe lamaisteach, calaisteach,
duilleagan grèiste a' màirneadh na thachair.
Mar thaibhsear, a b' eòlach air d' àite tàimh
thàinig buatham brosnachail bhuaipe is
gun ghluasad, theann i ris a' chloich
le tulchuis na h-òige is chuir i oirr' pògag gràidh.
"Tha gach cùis ceart, na gabh dragh,
gheibh thu flùraichean nas fheàrr a Ghanga."

Yellow Flowers

From the beginning she knew you –
your name ever on her lips.
Her eyes bright-full,
your portrait revealed to her.
This journey was the first opportunity
to visit you and the island, in an age.
Glamaig, powerful and unchanged,
mist separating the sea-foam from the heavens.
The ferry point jutting into the wide sea
in the shadow of the mermaid's battery
But we found yellow flowers, battered and wind-swept,
embroidered leaves reflecting what befell them.
Like a seer aware of your resting place
an inspired thought struck her and
without prompting, she approached the stone
with the confidence of youth and placed her tiny kiss on it.
"Don't worry, everything is as it should be,
you'll get better flowers, Ganga."

Tobar-chlùdaidh

Bidh mi ga chuairteachadh
trì tursan gu deiseal,
mo cheumannan tron bhile
ag ùrnaigh ri saoghal nan spiorad.
Creideamh na bu shine
na cuimhneachan sìorraidh
's mi 'tarraing cumhachd-nàdair
fo sgitheagan leigheis-làn,
an dòchas gum fosgladh
doras nan sìthichean
's iad gam shlànachadh.

Nuair a nigheas duine eile
aodann an dealt Bhealltainn,
bogaidh mi clùd san t-sruth.
Far as taine an abhainn
's ann as motha a fuaim –
a' sgreuchail mì-fhortain.
Àird na gaoithe tron choille,
giobail ga freagairt
gun trus cnàimh feòil
fhad 's is beò an smior.

Clootie Well

I circle it
three times contrawise,
step through the grove,
entreat the spirit world.
Older beliefs
beyond living memory
draw on nature's power
shaded by medicinal hawthorn,
pray to open
the fairy world
so they will heal me.

While others wash
faces in May Day dew,
I stream-drench a rag.
The narrower the river
the louder its sound –
the scream of misfortune.
is wind in the trees
answered by cloots
without a trace of flesh and bone
while the marrow survives.

Dleastanas is Dualchas
Duty and Heritage

Dleastanas is Dualchas
Duty and Heritage

Balbhachd

Thill iad le dorchadas tharta,
rinn an sàmhchair an suain,
is an còmhradh air a mhùchadh.
Cuimhneachain fo ghrèim-bàis balbhachd.
Chan eil de chridhe aig na mnathan facal a ràdh –
’s ainneamh a bhruidhneas iad ri chèile.

Mute

They returned shrouded in darkness
surrounded in a silence
that smothered conversation.
Memories in muted strangulation.
Wives then browbeaten and reserved –
they seldom speak.

Cladh sa choille

Daoine gun chuimhne, gun iarraidh,
glaiste ri linn beatha is bàs.
Iad a dh'fhuiling tinneasan-inntinn am falach
measg nan craobhan àrda
air an tìodhlacadh, taing do thairbheartach fialaidh –
is gan cumail bho shealladh nan deusantach.

Fon ùir, ann an talamh neo-choisrigte,
cagar na gaoithe ag innse cò bh' ann,
aig sìth an-fhoiseil aig oir a' bhaile
gun tadhal charaidean no chàirdean.
A dh'aindeoin òrdugh grinn an t-suidheachaidh,
Mairidh am mac-talla fhathast – pian, fearg is eagal.

Cemetery in the woods

People forgotten and unwanted
forever detained in life and death.
Victims of mental illness, hidden
amongst the tall trees
donated by a generous benefactor –
kept from the view of the respectable.

Interred in unconsecrated ground,
the whispering wind relates who is there
at uneasy peace on the edge of town
without visits from friends or family.
Despite its well-ordered setting
an echo resounds – pain, anger and fear.

Dleastanas

Cumaibh bhuam turas tòcanach gach bliadhna –
leughadh loidhnichean ainmeil
mu achaidhean Fhlannrais, far am bi mealbhagan a' fàs,
brataichean air an leagail, nad sheasamh airson dà mhionaid.

'S tric a choisicheas sibh seachad gun aire air an t-saighdear air a' phlionta,
no a' chrois air ion-sgrìobhadh le ràghan ghillean ghrinn.

Do shean-ghaisgich nan dùthcha
cha tig sàmhachas a-chaoidh air fuaim nan gunna.
Gach latha is oidhche coirbte le dealbhan na combaid,
chan eil am blàr seachad is cha bhi gu bràth –
's gach latha na Latha a' Chuimhneachaidh.

Duty

Keep from me your token journey –
reading famous lines
of Flanders' fields where poppies grow
flags lowered, standing for two minutes.

Often you pass by, unaware of the plinthed soldier
or the cross inscribed with fine men in ranks.

But for our veterans
the guns will never fall silent.
Every day and night plagued with images of combat.
the battle isn't over and never will be –
every day is Remembrance Day.

Co-chòisearan

Togaidh sinn ar guthan
le glòir is moladh,
sàr chumha dhaibh –
na gaisgich a dh'fhalbh.

Mairidh gaol is càirdeas
anns gach sèist is rann
bho teaghlach-ciùil na Gàidhlig
thuca anns na h-Àrdaibh.

Seinnidh sinn deoch slàinte
aig dol-fodha an grèine,
cuimhnichidh sinn orra
làn-fhios gu bheil iad còmhla.

Massed choirs

We raise our voices
in glory and honour,
a great lament to them –
our absent friends.

Love and friendship will endure –
every refrain and verse
from their choral family
ascending to Paradise.

We sing a praise
at the going down of the sun,
we will remember them,
certain they are with us.

Cumha nan Ceud Bliadhna

Ùr o shealgaireachd
thàinig treibhdhirich na pàrlamaid,
làmhan fuil-dhearg fhathast
nach b' urrainn glanadh
gus loidhnichean a' mhapa ath-tharraing

Aghaidh measalachd
air tùr cloich-ghainmhich
gearradh nan sia siorrachdan
bhon eilean uaine
air chèin bho fhìorachd a mhuinntire.

Fo sgàil Chreag Phàdraig,
foirmle Inbhir Nis
a' toirt caolan o Chridhe Ulaidh,
's air an t-seachdamh là den t-Sultain
a' rèiteachadh nan crìochan

Fo chìrean ailbhein is càmhail
far an do thionndaidheadh na Cruithnich,
Dìlseachd agus Càirdeas
is Ìosa Crìost na fhulangas,
agus shleachd iad Innis Fàil gus Stàit Shaor a bhreith

A' cutadh a-mach linntean
de dhualchas, teaghlaich, cànan,
dìreach mar a-rèir Lùcais:
Athair, maith dhaibh, oir cha eil fhios aca
ach bu mhìog-shùileach iad, mar Bharabas,

Thug na coin freanadh air an fheòil
a bha gaisteach forbhasach
air a crochadh
air camaranach na Rèabhlaid 'Ghlòrmhoir',
ro-thachaireas fuil an Dòmhnaich.

Lament of a hundred years

Fresh from hunting
came parliament faithful,
hands forever
red and too bloodied
to redraw the lines on the map.

Turreted sandstone
was a façade of respectability
severing the six counties
from the green isle,
removed from the people's reality.

In the shadow of Craig Phadraig,
the Inverness Formula
gralloched the heart of Ulster
and on the seventh of September
borders were the solution.

Under the elephant and camel crest
where the Picts were converted,
Concordia et Fidelitas
and Jesus Christ in his suffering,
they dissected Ireland, birthing a Free State.

Disembowelling centuries
of heritage, family and language
as Luke said:
father forgive them, they know not,
yet they were smirking like Barabbas.

Like baying hounds
they consumed the kill,
hung on the meat hook
of the 'Glorious' Revolution,
a harbinger of Bloody Sunday.

Is liugach sinn is ceangailte
baile' mòr nan Gàidheal
ri innealachadh na sgèin'
air ar co-oghaichean Ceilteach –
ar cumha an ceud èiginneach.

It's our shame that Inverness
is linked to those
who stabbed our Celtic cousins
our lament –
the hundred years of troubles.

Air farail

Do bhràthair mo shinn-sheanmhair Murchadh MacIllFhinnein, Murchadh Tormod an t-saighdear, a dh'eug am Bedford, An Dùbhlachd 1914.

'S iad a dh'fhuiling a' ghriùthlaich na bu mhotha
a' chlann gun ion-dhìon, gun fharail.
Chaidh seasgad gille 's a còig a mharbhadh
pro patria mori mus do ghlac iad rin nàmhaid.

Gillean glùn-gheal nam breacan Camshronach
a dh'fhalbh le sonas nan ceum gu claisean a' bhlàir –
chaidh eathar ùr air seann-chreagan,
gun ach an caol gorm.

Le breugan aois is *dolce et decorum est*
chruinnich nan Gàidheal gus coinneachadh bàis
fad air falbh bho na beanntan àrda
far an robh iad air an cumail bhon t-saoghail

Exposure

For my great-great uncle Murdo MacLennan,
who died in Bedford, December 1914.

Measles inflicted greater suffering
on the children with no immunity or exposure.
Sixty-five young men were killed
for their country, without meeting the enemy.

White-kneed boys in Cameron kilts
marched joyfully off to the trenches –
it was the green of youth
and a new root under old stones.

With lies about their age and *dolce et decorum est*
Highlanders filed out to face death
far from the mountains
that formed a protective shield

Òran Ioraic

Carson nach eil thu ann an dràst?
Bha thu ann, nad phàist', rim thaobh.
Bha thu bragail is dàna le spiorad bàigheil.
Bu dhoirbh dhomh gur mi do phiuthar.

Deoch-slàinte dhan airm, ar saighdearan gaisgeil,
A dhìon ar rìoghachd, a-rithist, sa chòmhstrì.
Togaibh ò a-nis, cò aige bha fios,
'S an t-àrmann a-null san fhàsach.

Carson nach eil thu ann, a ghaoil?
Cò eile san t-saoghail bu chaomh leam?
Bha farpais is farmaid nuair bha sinn òg –
Cha chuimhn' leam an dràst' an t-adhbhar.

Deoch-slàinte dhan airm, ar saighdearan gaisgeil,
A bhuannaich am blàr an aghaidh an nàmhad.
Togaibh ò a-nis, cò aige bha fios,
Fhuair iad fàilte mhòr don dùthaich.

Carson nach eil thu ann, a ghràidh?
An cuimhn' leat tràighean Ratharsair?
Saor-làithean cho ciùin, a' cluich sa mhuir;
Ach dh'fhalbh an t-àm mar cheò-bhrat.

Deoch-slàinte dhan airm, ar saighdearan gaisgeil,
An dùthaich Shaddam gun inneal-millidh.
Togaibh ò a-nis, cò aige bha fios,
A' mhearachd a bha nar n-ionnsaigh.

Carson nach eil thu ann rim thaobh?
Bha thu anns a Chaol làn aoibhneis
Thoir mo shoraidh nan ceud don rèisimeid,
Oir rinn thu an taghadh nad aonar.

The Iraq Song

Why are you not here just now,
As you were beside me in my youth?
You were boastful and bold with a kind spirit.
It was hard being your sister.

A toast to the army, our brave soldiers
Protecting our kingdom, again, in war.
Raise them up now – who will recount the tale
of the soldiers over in the desert.

Why are you not here, my love?
Who else in the world would I like?
Irritating and envious when we were young –
Now the reason is forgotten.

A toast to the army, our brave soldiers,
Winning the battle against the enemy
Raise them up now – who will recount
their huge welcome by the country.

Why aren't you here, my dear?
Do you remember the Raasay beaches?
Those calm holidays, playing in the sea
But that time has gone like a smokescreen.

A toast to the army, our brave soldiers
In Saddam's country without weapons of mass destruction
Raise them up now – who will recount
the mistake of our invasion.

Why aren't you here beside me?
Joyful, as you were in Kyle.
Take my sincere farewell to the regiment
Because you made that choice yourself.

Deoch-slàinte dhan airm, ar saighdearan gaisgeil,
Bliadhn' air bhliadhn' gun bhuaidh gun bhuannachd
Seo e, a-nis, cò aige bha fios,
A bheil adhbhar sam bith don bhlàr seo?

Carson nach eil thu ann an dràst?
Ma tha thu fhathast fon ghrèin.
'S e dùrachd mo là gu bheil thu fhathast slàn
'S gun till thu thugainn air ar tìr-ne.

Deoch-slàinte dhan airm, ar saighdearan gaisgeil,
A dhìon ar rìoghachd gun taic sa chòmhstrì
Seo e, a-nis, cò aige a bha fios,
An caochladh a bhios nar smaointean.

A toast to the army, our brave soldiers.
Year after year without impact, or victory
This is it now – who will recount
the reasons for this battle.

Why aren't you here just now?
If you are still alive, under the sun
I wish every day that you are well
And you will return to use on this earth

A toast to the army, our brave soldiers
Protecting our kingdom without support in the struggle
This is it now, who will recount
The change of our opinion.

Gaelic culture maintains a strong tradition of bàrdachd baile – traditional poetry – where verses are written in song-form with the intention of being song. This contemporary song, in traditional form. The English version is presented as a gloss.

4f

Tha mo chridhe nam uchd
gun adhbhar sam bith
Cha cluinn mi
dad.
Fuirichidh mi
foir-dhealbhte.
Sin mar a tha,
seach mar bu choir.
Bus maireannach,
anail sheathanach
Chan e cus cosgais
a th' ann am fichead not.

4pm

I'm terrified
and I shouldn't be.
I hear
nothing.
Stay
framed.
That is how it is but
not how it should be.
Resting bitch-face,
shallow breaths.
Twenty pounds
isn’t that much.

Rèis Bhun-os-chionn

gach latha 's mi feitheamh
mo rèis làitheil a ruith
gunna-tòiseachaidh na maidne
nì fuasgladh mo strì
riaghailtean rin leantainn
air aon dòigh na lire.
cumam an cearcall ceart,
gus ruith mar an ceudna
eadar na loidhnichean geala,
gun leigeil corra-bhùthag às
sùil na h-iolaire gam sgrùdadh
airson mearachdan.
leanam an luchd-ceuma,
cumam suas riutha,
a' feuchainn gun tarraing aire,
a' cur cas às dèidh coise.
gheibh mi buinnig
ach
aig a' cheann thall
cha toil leam ruith.

Upside-down Race

every day I'm waiting
to run my daily race.
a morning starter gun
to release my struggle.
rules to follow
like the rest of the pack.
keep the circle correct,
run like the others.
between the white lines,
don't allow a toe-tip out.
hawkeye is watching
for my mistakes.
follow the pacemakers,
and keep up with them,
try not to attract attention,
put one foot in front of the other.
I will win
but
at the end of the day
I don't like running.

Bi modhail

Lìon caillich na suidheachain eile
nan suidhe gu dìreach is modhail.
Cnàmhan is anman a' gleadhraich
le spèiread fhaclan.
Brògan grinne a' seachnadh an t-sruth'
air gach taobh den trannsa.

Ginealaichean de *bi modhail,*
na cur car an gnothaichean –
cha robh am breith-bhriathar
na bu làidire na glocail shocair,
sùilean mall-rosgach is fiamh orra,
ag èisteachd ris an t-searmon ràpach.

Bu annsa leam rudeigin a ràdh ach,
a-rithist, mar as àbhaist,
cha d' rinn mi dad
's mi nam shuidhe gu dìreach is modhail
mar an ceudna
a' speuradh os n-ìosal ri nèamh.

Be polite

Old women filled the other seats
sitting straight and polite.
Bones and souls shaking
with the strength of the words.
Neat shoes avoiding the stream
on either side of the aisle.

Generations of *behave,*
don't cause a scene –
no word of judgement
just their tutting,
calm eyed yet awe-struck,
listening to the noisy sermon.

I really wanted to say something
but, again, as always
did nothing
but sit straight and polite
like the others,
swearing silently to the heavens.

Is mise…

Lean mi seachadas mo theaghlaich
le ainm gun chleachdadh,
air a sgrìobhadh air teisteanas:
naoi litrichean nach aithne dhomh.

Mar phlàigh, mar chù nam chois
ann am puist-d is air cunntasan banca,
aig coinneamhan dotair is air cìsean
a' dearbhadh nàire chànain.

'S truagh gun deach galar am bilean
a sgaoileadh cho fada feadh cho-inntinn
gus an tàinig ath-ainmeachadh oirnn,
mas fhìor, an ainm adhartais.

Gu h-oifigeil, tha saoghal na Gàidhlig làn dhiubh:
Margaret, Alexander, Joan is Malcolm,
seach Mairead, Alasdair, Seonag is Calum –
ainmean na Sàbainn a dhiùltas dualchas.

Tha mi eòlach air an ainm a th' orm
ga litreachadh san dòigh a thagh mi,
a' slànadh linntean goirteas nan clàraichean
le urram do m' fhèin-aithne.

My name is…

I follow the family tradition
given a name I don't use,
written on a certificate:
nine letters I don't recognise.

Like the plague it follows me
in emails and bank accounts,
doctors' appointments and taxes
language shame declared.

It's a pity that this disease
spread so far into our psyche
we were renamed,
allegedly, in the name of progress.

Officially, the Gaelic world is full of them:
Margarets, Alexanders, Joans and Malcolms,
not Maireads, Alasdairs, Seonags and Calums –
Sunday names shunning heritage.

I know my name
spelt the way I chose,
healing centuries of registrars' wounds
with respect for my own identity.

Saoghal Ùr is Sàl
Lifeworld and Brine

Saoghal Ùr is Sàl

Lifeworld and Brine

Leabaidh san uisge

do mhuinntir Fhladaidh

Iarann làn fala is dheur,
cuireagan cumaidheachd,
pàtrain caiste is crannaichte,
sgiùrte le tuinn an t-sàil.
Gach peacadh air a chartadh,
air a nighe glan leis a' mhuir-làn

Ach bidh iarann a' cuimhneachadh,
fiù 's na laighe air an aigeal,
cnàmhaichte dhan chridhe
bha aig cridhe tùs
is crìoch gach beatha –
a-nis 's i taise a-mhàin an eilein.

Bed in the water

for the people of Fladda

Iron full of blood and tears,
intricate scrollwork,
its patterns twisted and decaying,
scrubbed by brine.
Every sin purged,
cleansed by the full tide

Yet iron remembers,
even while lying on the seafloor,
corroded to its core
at the beginning
and end of every life –
now the island's only relic.

Dìleab

Tuil a' tuiteam
gam bhàthadh le smuaintean.
Sireadh na sgùdaich,
a' grunnachadh tron tiùrr.

Na seachd siantan air an dìocladh,
sruth m' fhaclan ri strì
's mi fhathast fo lighe
bheachdan m' inntinn,

dòrtadh na dìle,
Nam bhraise lìonaidh
ag amas air an dubh-chladaich,
co-dhùnadh na gàth.

'S cas lighe thuilich
a chruthaich an toradh.

Legacy

A flood falling
I drown in thought.
Searching the mustered dark,
wading through flotsam.

The seven elements diminish,
my stream of words struggle
always in spate
from the ideas in my mind,

the deluge pours.
At the tidal peak
I aim for the watermark
at the cascade's conclusion.

Fording the torrent,
shaping the result.

Ath-bhreith

do mo shinn-shinn-sheanmhair – Isabella NicLeòid 1858-1936

Dh'fhàg am fiabhras dubh thu nad bhanntrach ann am Breig
le triùir chloinne beaga agus chanadh dìol-dèirce ribh,
ach, bha gliocas de ghinealachan treuna leibh
is thug airgid Maighstir Wood dhuibh an cothrom-trèanaidh.

Bha thu am measg ciad mhnathan-ghlùine na dùthcha,
litir-fhoghlaimte, eòlach ach thill sibh dhan chloich-rùisgte.
Neo-ar-thaing, thàinig ur cliù is dìcheall fearraid a-nuas
tro na daoine dhan do dh'fhritheil is an sliochd a dh'fhurastaich sibh.

Re-birth

for my great-great grandmother – Isabella MacLeod 1858-1936

Typhoid left you a widow in Breig
with three infant children, branded a pauper,
yet you had the wisdom and strength of generations
and Mr Wood's money gave you the opportunity.

You were among the first midwives in the country,
literate, skilled, yet to the barren rock you returned.
Nonethess, your reputation for betterment was passed down
through those you attended, the descendants you brought forth.

Brot

Ath-bheothachadh ar slàinte,
air a briseadh le saoghal farsaing,
gar còmhdachadh, tiugh is fàilteachail,
ann am blàths is sàbhailteachd.

Nar n-òige bhiodh i a' plubadaich, gun sgur.
Aon rud fìor – 's fhiach a chumail,
pàirt den t-struileag-thillidh
is gach fear is tè dhuinn a' cur ris.

Ar gàrradh, lusan de gach seòrsa,
làn de bhlas sònraichte,
talamh mothachadh ar sinnsearan
gar beartachadh, gar lìonadh.

Eadar sgalan gàire is tuiltean deòir –
chan eil cuimhne far an d' rinneadh a' phoit
a bha gun toiseach, gun chrìch,
ach maireannach gu deò

Gus an deach an teas air falbh fòidhpe,
is co-thabhartasan a' crìonadh.
A-nis, chan eil air a shiubhal ach blas meatach,
ach ithidh mi e gu briseadh mo latha.

Soup

Renews our health
warped by the wider world,
envelops us, thick and welcoming,
in homely warmth.

In our youth it always bubbled away.
One truth – worth continuing,
part of the tradition of returning,
and every one of us adding to it.

Our garden, plants of every variety,
full of unique flavour,
the land of our ancestors' experience
enriches and fills us.

From peals of laughter to floods of tears –
no one remembered when the everlasting pot
without beginning or end
was made

Until the heat went from under it,
contributions lessened.
Now weakened, there is little connection with its taste,
but I will consume it forever.

Nach cuala tu mu Rasputin?

Sgeulachd Beileag an Achaidh

Bha cearcall fàidheantais mun dithis aca,
agus ain-diadhaidh an tàrgraidhean –
ise aindeonach ra dàrna sealladh;
esan dia-mhaslach son a chiall fhèin.

Bha am manach caothach cudromach dhi:
na mìltean mòra eatarra is leth-cheud bliadhna,
thàinig i na fhochas
'S e beithis, a' dùr-choimhead.

Thàinig i a-nìos airson còmhradh is srùbag,
chluinneadh luchan an àrd-dorais a sgeul bhuaipe –
ga mealladh fhathast, ga tàladh,
gu dìoghrasach gun aire air a' chonnspaid.

Bhioraich mo chluasan ri riomstaireachd na h-aoise
ach cha b'e Rasputan riamh san dàrna-shealladh.
Bha a saoghaltachd is deagh muinte na bu mhotha
na dad anns na leabhraichean a leugh i gu sgairteil.

Have you heard about Rasputin?

A story of Beileag an Achaidh

Mystery surrounded them,
irreligious in their prophecies –
she, unwilling with second sight;
he blasphemous for his own ends.

The mad monk was important to her:
thousands of miles and half a century apart,
they came face to face,
penetrated by his soul-boring stare.

She came up for a chat and a drink
telling his story to everyone and their brother –
his charisma still bewitching her,
in passionate ignorance of his controversy.

When I tuned into to her ramblings
it was never about Rasputin.
Her worldliness was larger
than anything in the books she read so voraciously.

Leabharlann

Tha uèir bhiorach timcheall na leabharlainn
leth-cheilte o roinn na cloinne
eadar draoidheachd aon-adharcaich is
seallaidhean rionnagach na tha ri teachd.

Tha uèir bhiorach timcheall na leabharlainn,
dìon trì pruic an aghaidh
aineolais is bhreugan -
a' cumail eòlais a-staigh, fìorachd a-mach.

Tha uèir bhiorach timcheall na leabharlainn,
saidhbhir an toradh maoin an t-saoghail
ri glèidheadh bho chall airgid
is gearradh chosgaisean cion-lèirsinn

Tha uèir bhiorach timcheall na leabharlainn
deiseil airson a' chogaidh ri thighinn
nuair a thogas sinn mùr
cruaidh-leabhraichean ciallach.

Library

Barbed wire surrounds the library
half visible from the children's section
interspersed with unicorn magic
and starry-eyed futures.

Barbed wire surrounds the library
three-pronged defence against
ignorance and lies –
keeps knowledge in, reality out.

Barbed wire surrounds the library
rich in worldly assets
to be protected from budget losses
and shortsighted cost cutting.

Barbed wire surrounds the library
ready for the coming war
when we build a barricade
of hardbacked reason.

Bhìoras air-loidhne

Thusa –
gob-fhosgailte,
gar teagasg nad ainm,
bhiodh do chainnt
na sruth domblais gun bhrìgh
no na òran cumhachdach,
gar sgealpadh gu sgairteach
dhan t-slighe fhìorail fhoinneach
ach nas miosa buileach –
chan urrainn dhut
d' fhaclan a dhearbhadh.

Online Virus

This is you –
gob open
schooling us in your name,
your voice
spills out a bitter river
or else like a power song
cutting through us
a bright, true path.
But worse than all of it –
you can't prove
what you say.

Dàn nam Ban

às dèidh Avotcja

Anns an toiseach bha am facal agus b' e am facal ceòl.
Dannsamaid dhan ruitheam ud le àgh is glòir
gus an tig sinn às an dorchadas le eòlas ùr.
Àrdaicheamaid ar fuaim-ne
a' gairm an nèamh – 's e sin dàn nam ban.

Dè a' chridhe a bh' aca gabhail ainm ar Tighearna?
Chan eil sìon a bheir fìrinn air smachd
saorsa ròghnachaidh – tog do ghuth fhèin san t-strì!
Bidh gach nota beòil a' dearbhadh ar làthaireachd,
buail an druma, seas stòld' is seinneamaid, moiteil is far-a-mach!

Thig bagairt sàmhchair gar tuileachadh ro luath,
bidh an rud a bheir buaidh air gach tè gar bruideadh uile.
Èist ri ar guthan-ne, gabh riù is fosgail do shùilean.
Thig ri chèile an caithream, a' cumail gaoir-chatha rin cluasan,
bris tost an aineolais, mì-fhios is fuath-chainnt.

The Song of Women

after Avotcja

In the beginning was the word and that word was music.
We danced oblivious in glory and joy
until we came out of the darkness with new knowledge.
Let's amp up the volume,
proclaim to the heavens – this is the song of women.

How dare they presume to use God's words,
for nothing justifies
restricting freedom of choice – raise your voices in the struggle.
for every note declares our presence.
Beat the drum, stand up and sing, proud and loud!

Your threat to silence women punches like a wave,
what impacts one woman, oppresses all.
Listen to our voices, join us and open your eyes,
come together in a symphony that rings in their ears,
breaks the ignorant censor of lies and hate.

NOTES

Freumhan is Crannsaichean — Roots and Branches

Bana-bhuidsich Allt a' Mhuilinn // The Millburn Witches

Inspired by the true story of sisters who were tried and burnt at the stake in the 1700s from Roddy MacLean's excellent book *The Gaelic Placenames and Heritage of Inverness*. The hollow where Millburn is located – Allt a' Mhuilinn – has a different climate from the rest of Inverness. The Gaelic word *tron* – translated here as *through* – expresses how a temperature inversion takes place in the hollow, and mist – reminiscent in the poetry of the smoke of the burned witches – gathers on the surface of the water. Diriebught literally means *grove of the poor people* – the poor land – the place of the people that could not afford to have any decent fertile ground. Millburn Academy is where the poet has taught for 12 years. This poem was shortlisted for the Wigtown Gaelic Poetry Prize in 2024.

Crannsaichean // Roots

The poet is a keen amateur genealogist and has been exploring both sides of her family tree since the age of 11. This poem was inspired by a tree planted after a family gathering on the Isle of Raasay which bears the dedication "We are who we are because of who they were".

Càirnein // Eggshells

This poem is based on a piece of folklore about the death of Iain Garbh, seventh chief of the MacLeod's of Raasay, in 1671. Legend has it that on returning from a wedding in Lewis, witches used an eggshell in a bowl of water to create a storm and all on board drowned. To this day the poet's family always make a hole in eggshells after eating them to protect themselves at sea.

Cupa tì // Cup of tea

Inspired by the phrase "You'll have a cup of tea" on entering any great-auntie's house. The poet does not like tea but that was never an option.

Ath-shealladh air Aunt Julia // Reappraising Aunt Julia

Norman MacCaig's poem *Aunt Julia* examines the writer's relationship with his Gaelic-speaking aunt on the island of Scalpay. The poem is often studied at school, and all the poet's many aunties used Gaelic at times so that the young ones couldn't understand them, when they should have been speaking it to the younger generation. The theme is the lost generations of Gaelic speakers.

An rùm as fheàrr // The best room

The best room – cleaned within an inch of its existence – a common thing in the houses of the generation above the writer's parents. Many of the relatives kept a sitting room in their house that was rarely ever used and yet kept pristine for such events as the visit of the minister.

Am piana // The piano

Some believe that a piano lid should never be closed as it is bad luck.

Fras-fhuilt // Hairspray

The poet's granny Elsie Smith from Penicuik was always very particular about her hair and went through a lot of hairspray. During the Blitz when she was in the ATS she used to hitchhike to London to go dancing.

Teine // Fire

This poem uses the particular word *brathadair* – a great blaze or fire – which also incidentally means a betrayer or traitor. The poem describes the impact of Alzheimer's, the way the mind betrays itself and the sparks in brain no longer connect.

Balla // Wall

The owner of Raasay in between 1846-1863 George Rainy preferred sheep to people. Those people he could not force to Australia and Canada he drove north to Arnish, Torran, Fladda, Kyle Rona, and Rona, building a six feet high wall from coast to coast to keep them there.

Gnèitheachd is Gaol — Sexuality and Love

Iomradh Enoch // Discovering St Enoch

St. Enoch refers to Saint Thenew (or Thenava), the mother of Glasgow's patron saint, St. Mungo (St. Kentigern). Legend has it she was the daughter of a local king. When she was raped she was further punished by her father but miraculously survived being thrown from a cliff. She was exiled and gave birth to St. Mungo in Fife, and their story is linked to Glasgow's early Christian history. The name St. Enoch, being a corruption of her name is now only known to people as it is the name of a shopping centre. St Mungo is also the patron saint of Penicuik and the poet was christened in St Mungo's in Penicuik.

Cùbhrachd // Perfume

Written after the poet discovered that she was older than Marilyn Monroe when she died.

Clobhsa Mhargaidh an Fheòla // Fleshmarket Close

The ever-inspiring and tiring steep close linking Waverley station and the Royal Mile in Edinburgh.

Dùrachdan san dorchadas // Blessings in the dark

The writer's great uncle was from Inverness, and was minister of St John's in Princes Street, Edinburgh, for many years. Some of the words used in the poem are taken from Corinthians and were the words used in her parent's wedding ceremony.

Clòimheagan // Snowflakes

Written for pupils from Millburn Academy after they won a Film G award for their film about being non-binary. Often derided as the snowflake generation this was a powerful moment for those who by not following the crowd still mass together as one force. The word *comhnard* is one of a few words for the perfectness of nothing, as in a no- footprint perfect sheet of snow. *Eugsamhlachd* here means variety, or a changeable appearance, points to how the buzzword diversity manifests.

An taghadh eile // The other choice

A family phrase runs as follows: the seaweed is always greener in the other loch.

Eisirean Bhaileintin // Valentine Oysters

This was NaPoWriMo prompt from Stirling Makar, Laura T. Fyfe about something you hate.

Gaol // Love

The writer was living in Forfar for her probation year as a teacher – didn't know anyone and was not expecting to meet anyone. And yet!

Tatù // Tattoo

The writer's tattoo shows a cancer survivors ribbon around her daughter's initial, with her husband's initial hidden within.

Cionta nam màthraichean // Mummy guilt

Spiolaidh is a word that has to be spat out it, it has that kind of force. *Truaileadh* is a word we often hear on the news, talking about air pollution or other hazardous environmental discharge. The mummy guilt occurred immediately to the author when another mother at the school gate addressed her saying: "You don't do pick up that often, do you?"

Gaol II // Love II

When the poet's daughter was born, by caesarean, the baby did not cry – merely looked around the room. Perhaps this was the result of 18 hours of labour, but she was an exceptionally quiet baby and clearly indicated that she had been here before. *Sinnsearan* are the ancestors referred to, a word used again in *Yellow Flowers*.

Thig aislingean gu buil // Dreams come true

Aisling is the dream world, and is very like the girl's name. *Aisling* can imply something more charged than an ordinary dream – a dream with significance, a moment of insight, or a visionary state. The Irish *Aisling* poetic tradition – where Ireland appears as a woman in a dream – is not native to Scotland, but the shared Gaelic vocabulary means Scots often feel the resonance. In the Highlands and Islands, *aisling* can subtly evoke second sight or dream-messages, depending on the speaker's tradition. With bedtime stories, every night, everything starts *Once upon a time*. This poem was a commission that all the first poetry ambassadors from the Scottish Poetry Library were asked to undertake, and write a poem on the theme of dreams. It was the middle of lockdown and mummy was reading a lot of bedroom stories, as everyone was at home together – and all of the time.

Seudag // Little Jewel

The poet cannot remember a time before she knew this story. There is a beautiful church and graveyard in Raasay, and the children were always told that after young Mary MacLeod died, the estate was already ruined and so her parents had nothing left to stay in Rassay for and emigrated to Tasmania – and thus the chiefs of the MacLeods of Raasay have lived in Tasmania ever since this time. The story is that young Mary fell down the grand staircase in the house. It was exceptionally singular that the poet's daughter when visiting the stone grave was exactly the same age as young Mary had been when she died.

An Tàcharan // The Changeling

In pre-modern and early modern societies, if people had a child who was different, they did not know how to explain it. This is because we do not see most autistic traits until a person is two or three years old. This poem was a 2022 commission for Poetry Feast of Mythical Beasts which re-imagined myths from Scotland. This resulted in a performance series which tasked contemporary poets with re-imagining Scottish myths and folklore. The project, inspired by Púca Printhouse's *Mythical Beasts of Scotland* map, featured live performances blending poetry, spoken word, music, and other art forms at Summerhall in Edinburgh. Scottish imaginary creatures and myths were re-presented and so for example Kelpies were re-imagined as nuclear submarines by Dave Hook; Katie Ailes, performed a piece involving poetry and dance that re-imagined the story of the *bean nighe* (a mythological "washer-woman") to address contemporary reproductive rights. Calum Rodger wove traditional border ballads and comedy into a piece that portrayed the Linton Worm as a computer worm, exploring dystopian technology. There is no language in Gaelic around autism. It is too modern a term, and there exists no explanation of it.

Gainmheach // Sand

Originally, this poem was written by the poet's husband – in English – and the poet translated into Gaelic. The poem was a challenge to the writer's husband – she said: "I am doing this all time, why don't you do it." The work has changed significantly since the first draft.

Air a' chladach // On the shore

A picture that popped up on *Am Baile*, a historical resources website, showed the writer's great great-grandparents collecting kelp in 1921. What is fascinating about the picture is that they were relatively old at this point, and were working very hard, and having to collect kelp for fertiliser. It was a few days later when the writer was on the shore herself watching her daughter working equally as hard to find that one perfect shell for her collection.

Siaban // Seaspray

When the writer's Nana was a girl, the bodies of illegitimate babies would from time to time wash up on the shores of Raasay. This was due to the infanticide practised at the time on Skye and the Western Isles, as women with illegitimate children would give birth in secret and put their babies in the water. It is striking that this practice is within living memory, and not in the Dark Ages or beyond. These babies were found and then buried by the locals in an area of the Raasay churchyard. The writer's Nana when telling this story often noted how perfect the babies seemed to be, as if they were merely asleep. The shore is a place of life and death, where people work, but it is also a potentially nightmarish place too. The writer's wider concerns are around what happens when people don't have access to proper medical or social care.

Flùraichean buidhe // Yellow flowers

When the writer was small she was unable to say 'Grandpa' and so her maternal grandfather became 'Ganga'. The poem is for the writer's grandfather, Andrew MacKintosh who died in 2016, shortly before the writer was married. After the early 2020s lockdown the writer took her daughter to Raasay to Ganga's grave. On the grave were some silk yellow flowers, which after several years of wind battering looked the worse for wear. The writer's daughter, aged three, made the closing comment. Flùraichean buidhe was for a series of poems commissioned by the Wigtown Book Festival called *Hello Stranger*, broadly themed around going places and meeting others after our lockdown isolation.

Tobar-chlùdaidh // Clootie well

A clootie well is a traditional well or spring, often in Celtic areas, where a piece of cloth ('cloot') is dipped in the water and tied to a nearby tree for healing purposes. The tradition believes that as the cloth disintegrates, the ailment will fade. These sites are ancient and are associated with pre-Christian healing traditions, though later, they became associated with Christian saints as well. There is a clootie well on the Black Isle, with many traditions around it, regarding what one does and says, all with the understanding that what is sought above all is an intercession from the fairies. Struggling to find meaning in our age, people will still circle back to that more ancient faith.

Dleastanas is Dualchas — Duty and Heritage

Balbhachd // Mute

Many soldiers who returned from World War One including the writer's great grandfather – Ganga's father, Thomas MacKintosh – suffered 'shell-shock'. The men did not say to anyone that they suffered this condition and yet growing up Ganga knew as did many of the other children of returned men, that one was always quiet in the house. Even though he was born in 1929 he still they grew up in this atmosphere – of silence – of reserve. The phrase *Cuimhneachain fo ghrèim-bàis balbhachd* translates more directly as 'memories under the death grip of muteness'. There are very strong connections with the army in particular, within the writer's family, including those closest such as her husband and sister.

Cladh sa choille // Cemetery in the woods

Craig Dunain refers to a hill and woodlands near Inverness, significant for clan battles, but most famously known for the Craig Dunain Hospital, the Inverness District Asylum, a Victorian mental health facility that operated from 1864 until its closure in 2000. The cemetery in Craig Dunain, while now quite close to a road, was clearly when it was first used in the middle of a forest. There is still a psychiatric unit on the site, except that it is called New Craigs and it is of course modern, and the original Victorian building has been developed into apartments. The asylum's graveyard became full relatively quickly, and there are a few quite famous and renowned people in that cemetery, including someone who won the Victoria Cross. The cemetery is eerie – even in the height of summer – and has its own calmness.

Dleastanas // Duty

References Marcas Mac an Tuairneir's poem *Speactram* written in direct response to the Pulse nightclub mass shooting in Orlando, Florida, in June 2016. The poem, originally published in his bilingual collection *Lus na Tùise / Lavender* (2016) is a meditation on the tragedy, memory, and the struggle for LGBTQ+ acceptance within the Gaelic community. There is a quiet anger in *Dleastanas* about how we are encouraged to support military survivors and victims' charities only for a short time each year around Remembrance Day.

Co-chòisearan // Massed choirs

Three women that the writer knew, all involved with the Mòd, died within a few weeks of each other, and of breast cancer, and this was just before the Mòd in Paisley 2023. Massed choirs are always an emotional experience as it is, and with people who should have been there and were not it was an experience more charged with feeling than ever

Cumha nan ceud bliadhna // Lament of a hundred years

The Inverness Formula was an informal name for the Anglo-Irish Treaty, developed at the first-ever British Cabinet meeting held outside London in Inverness on September 7, 1921, convened by PM David Lloyd George, leading to the creation of the Irish Free State. The title is a take on *Jewel of a Hundred Years* which is used as the theme music for the Mòd on television. This poem was written in 2021, one hundred years after this meeting. Coincidentally, the room in which the writer was married, was the same room in which this Inverness Formula was signed – and her husband is indeed one half Irish.

Air farail // Exposure

All men from the Highlands that joined up in that great flood of military willing at the commencement of World War One, went to England to muster, where there was a huge measles outbreak. In this outbreak, the vast majority of those who died were from the Highlands and Islands of Scotland and this was because they had never been exposed to this disease before. The poem captures an old proverbial idiom, about following blindly onwards – *chaidh eathar ùr air seann-chreagan / gun ach an caol gorm* – a new root under old stones – alluding further to the family tree, and including and remembering men lost in this sad fashion.

Oran Ioraic // The Iraq Song

Written the first time the poet's sister was in Iraq – she has since done two tours of Iraq and two tours of Afghanistan. This song has been recorded as a part of an unreleased EP with Rachael Lincoln.

4f // 4pm

A poem about staying in your lane – with a modest dash of imposter syndrome. Just as the Scots phrase 'You have a boose on you' or 'Whit's the boose about?', which means you are sulking or pouting – the phrase *bus maireannach* literally translates as a 'never-ending boose' and here colloquialised as 'resting bitch-face'. The word *boose* (or *bous*) in Scots refers to a mouth, often a pursed or protruding. The image of a long working day concludes the poem – at the end of such a day when you are asked as a final affront, to contribute money towards something.

Rèis Bhun-os-chionn // Upside down race

A reverse poem – which can be read both forward and backward – a form palindrome challenge set by Laura T. Fyfe and on the subject of not stepping beyond your allotted bounds. It seems to the writer that everyone wants you to follow convention, wherever you might turn.

Bi modhail // Behave

The feeling within the poem is of being in church, although the scene is of an annoying stranger playing their music too loudly on a bus – and although everyone is rolling their eyes and fuming, nobody is willing to do anything about it.

Is mise... // My name is...

English naming practices have been going on a long time in Gaelic speaking areas. Even though the writer's great uncle was known as Calum, despite even the fact that his own father was in fact himself an actual registrar, his birth certificate has the Anglicised name *Malcolm* on it – and ditto one of his brothers was Alasdair – with *Alexander* on his birth certificate – names never used in their lives. The writer, like many others, has an English name, and it has never once been used. The rise of Gaelic education and media has brought an acceptance in the last decades of naming and registering children in Gaelic. This poem was written for *How do we talk about Knives?* anthology about naming and identity in different languages.

Ath-bhreith is Sàl — Re-birth and Brine

Leabaidh san uisge // Bed in the water

The writer's great-grandmother was born on the tidal island of Fladda. After the Raasay land raids in 1921 the north of Raasay was mostly abandoned in favour of the more fertile and profitable south. This is a companion poem to Balla in the first section of the collection. Fladda is now a part of the Raasay Community Trust and some of the houses have been rebuilt as holiday homes. This poem was included as one of 2023's Scottish Poems of the Year by the Scottish Poetry Library.

Dìleab // Legacy

In Gaelic, the 'seven elements' (or *seachd sian*) often refers to powerful forces of nature used in weather descriptions like *sìde nan seachd sian* (weather of the seven elements) and typically includes fire, air, earth, water, ice, wind, and lightning – though some traditions might vary. In English you may say you have four seasons in one day – whereas in Gaelic you may say the same of experiencing the seven elements in one day.

Ath-bhreith // Re-birth

In 1876, when Edward Herbert Wood acquired the island of Raasay and its adjacent islands for £65,000 he bought the people on these islands as well. The poet's great-great grandmother was 24 years old when she was widowed – and despite extreme adversity she went on to better herself, and better her children who were all educated and adopted a trade – which was unthinkable to be truthful, given where she had started.

Brot // Soup

This poem won second place in the Scottish Federation of Writers competition. At the writer's great aunt's house, she remembers there being a permanent pot of soup on the stove – the pot was not ever even washed as the soup was always to what was there. With so many cousins always going home to Raasay the soup was in the writer's mind a permanent fixture at the time – and now a strong metaphor for the fact that so few of the people seem to speak Gaelic any longer.

Nach cuala tu mu Rasputin? // Have you heard about Rasputin?

Gaelic contains an expression translated as 'telling his story to all and sundry' – the Gaelic idiom *chluinneadh luchan an àrd-dorais a sgeul bhuaipe* literally translates as 'even the mice at the high doors of heaven would hear the story from her' – that is, she was telling so many people about the story of Rasputin that even the mice knew about it. *Beileag* is a diminutive of *Iseabail* (Isabel/Elizabeth), meaning 'God is my oath', often interpreted affectionately as 'beautiful/lovely child' or a term of endearment, stemming from its link to *beauty* in Gaelic diminutives, and carrying deep cultural ties to the heritage.

Beileag certainly had second sight. She once grabbed the writer's grandmother as she was walking her home and pulled her to the side of the road and said: "Stand aside and let the funeral pass." She would swear she would see lights coming over the hill in Skye, the main road over the Cuillins, and this was long before there was a road there. Beilag had no education but would read every available magazine, such as National Geographic, and absorb every last piece of knowledge. In this one instance, she didn't get the fact that Rasputin was a controversial figure. It's interesting that the Free Presbyterian Church of Scotland was formally constituted on Raasay in 1893 – and yet these religious communities are where people seem to believe the most in faeries, and second sight. The two beliefs sat side by side without impacting each other, most especially in rural communities, where second sight was an important part of people's faith.

Leabharlann // Library

Sitting in the children's section of Inverness Library, one looks up to barbed wire across the windows. Across Scotland, as across the British Isles, libraries are closing and underfunded – and the writer's daughter loves going to the library and indeed the writer herself has done a lot of the writing and editing of this book in that building. Inverness Public Library was built as a school in 1841. It ceased to be a school in 1937 and functioned as a courthouse, police station and theatre before becoming a public library in 1980. It is a stunning building from the outside, although something of the style and feel of the1970s is retained within. The barbed wire outside the library protects the adjacent Post Office sorting office. The poem – like *Nach cuala tu mu Rasputin?* – is about absorbing knowledge and the need to be as educated as we can – particularly women.

Bhìoras air-loidhne // Online Virus

The phrase translated as 'truth-journey' is reflected in the Gaelic by the phrase that might literally translate as a 'bright true path', pointing perhaps to the notion of people presenting their own 'truth' when in fact truth ought perhaps to be a binary concept. Can a thing be moderately true, or must it be either true or not true?

Dàn nam Ban // Song of women

Avotcja is a celebrated Bay Area poet, musician, storyteller and radio host, known for her Afro-Nuyorican roots, multi-lingual work, and dynamic performances fusing spoken word with jazz, blues, and world music, often with her ensemble Modúpue. A lifelong artist and educator, she's published books like *With Every Step I Take*.

The Gaelic phrase *ro luath*, means "too fast" – and too fast approaches the threatening tide which appears as a threat to silence women – wave after wave of it. As *Dàn nam Ban* is published, the U.S. Department of Education has revised its definition of what constitutes a 'professional degree' for federal student loan purposes, a change that affects degrees in fields like teaching, nursing, and social work – professions often favoured by women – and meaning they do not have to pay these professions so much. Dàn nam Ban was one of the quickest poems the poet has ever written – it was in this sense a remonstrance against the US Supreme Court's so-called *Roe vs Wade* decision which eliminated the federal constitutional right to abortion, thereby allowing individual states to regulate or ban the procedure entirely.

Tèine and *Cupa Tì* are previously published in Northwords Now, Issue 42, Winter 2021-22

Gaol is previously published in Poet's Republic, Issue 5, Autumn 2017

Leabaidh san uisge, *Siaban* and *Dàn nam Ban* are published in Cabhsair Magazine, Volume 13, Issue 1, Aberdeen University Press 2023

An Tacharan was commissioned for Poetry Feast of Mythical Beasts for Push the Boat Out, 2022.

Thig Aislingean gu Buil was commissioned by the Scottish Poetry Library for the 2021 Poetry Ambassador's showcase, and published online

*Is mise...*is previously published in How do we talk about knives: contemporary writers in Scotland on names languages and identity ,Matecznik Press, 2023

Ath-cheangal - Calum MacLeòid BEM is previously published in Dead Guid Scots, Rocadora Press, 2021

Clobhsa Mhargaidh an Fheòla is previously published on The Wee Gaitherin website, 2023

Clòimheagan is previously published in What Winter Wants, Rymour Books 2023

Dìleab (as Dìleab an uisge) is previously published in The Poets' Republic, Issue 9, 2021

Flùraichean Buidhe was commissioned for Hello Stranger Series, Wigtown Book Festival, 2021, and published online.

Oran Ioraic is previously published in The Poets' Republic, Issue 4, 2016/2017

Brot is previously published in A Playground in Beijing, Federation of Writer's Scotland Anthology, 2024

Acknowledgements

All the women in my life who gave me such a rich history and experience to draw on for this collection. I hope it honours our shared past, present and future.

My sister poets who have supported me, guided me and helped particularly with edits and translations in English - Morag Anderson, Laura T. Fyfe, Kerrie Kennedy, and Cáit O'Neill McCullagh.

My friend, Gaelic grammar guru, poetry mentor and editor Marcas Mac an Tuairneir, this collection would not exist without you.

Finally, to Iain and Belle who put up with my endless scribbles, insatiable notebook habit and believing in me when I doubt myself.

www.ingramcontent.com/pod-product-compliance
Lightning Source LLC
LaVergne TN
LVHW071052260826
846485LV00066B/1023

* 9 7 8 1 9 1 4 0 9 0 9 9 8 *